KB113751

모두에게 복된 새해
-레이먼드 카버에게

아시아에서는 《바이링궐 에디션 한국 대표 소설》을 기획하여 한국의 우수한 문학을 주제별로 엄선해 국내외 독자들에게 소개합니다. 이 기획은 국내외 우수한 번역가들이 참여하여 원작의 품격을 최대한 살렸습니다. 문학을 통해 아시아의 정체성과 가치를 살피는 데 주력해 온 아시아는 한국인의 삶을 넓고 깊게 이해하는 데 이 기획이 기여하기를 기대합니다.

Asia Publishers presents some of the very best modern Korean literature to readers worldwide through its new Korean literature series 〈Bilingual Edition Modern Korean Literature〉. We are proud and happy to offer it in the most authoritative translation by renowned translators of Korean literature. We hope that this series helps to build solid bridges between citizens of the world and Koreans through a rich in-depth understanding of Korea.

바이링궐 에디션 한국 대표 소설 **048**

Bi-lingual Edition Modern Korean Literature 048

Happy New Year to Everyone
—To Raymond Carver

김연수
모두에게 복된 새해
−레이먼드 카버에게

Kim Yeon-su

ASIA
PUBLISHERS

Contents

모두에게 복된 새해

Happy New Year to Everyone
—To Raymond Carver

아내의 대화 상대인 이 외국인 친구, 사트비르 싱이라는 이름의 인도인이 집으로 찾아온다는 얘기를 미리 전해 들었음에도 막상 문을 열고 이 친구가 서 있는 모습을 보게 되자 당황스러웠다. 하루 종일 낮은 구름들이 잔뜩 하늘로 몰려다닌 한 해의 마지막 날이었다. 이 친구의 고향은 펀잡이라는데, 지금껏 나는 펀잡 사람은커녕 인도 사람도 만나본 일이 없었다. 사실 펀잡이 인도의 어느 쪽에 붙어 있는 지방인지조차 감을 잡을 수 없었다. 그렇게 턱수염이 덥수룩한 얼굴을 쳐다본 일도, 그렇게 땀으로 축축하게 젖은 손을 잡아본 일도 내게는 그게 처음이었다.

My wife's conversation partner, this foreign fellow, an Indian gentleman by the name of Satvir Singh, would be coming to the house today: I had been told this in advance. I was, however, still more than a little taken aback when I actually opened the door and saw him standing there. It was the last day of the year, and low clouds had been milling back and forth across the sky all day long. This fellow was apparently from Punjab. Not only had I never met anyone from Punjab, I had never, to date, had any occasion to meet any Indian people at all. Honestly, I didn't even have a sense of where in India the Punjab region might

하지만 무엇보다 황당하고도 약간 실망스러웠던 일은 이 친구의 한국어가 형편없었다는 점이었다. 물론 돈을 벌려고 한국까지 찾아온 인도인이 우리처럼 유창하게 한국어를 구사하리라고 예상해서는 안 될 것이다. 그렇기는 해도 어느 정도 깊이 있는 대화 정도는 나눌 수 있으리라고 생각했지, 이렇게까지 어눌할 줄이야 미처 눈치채지 못했다. 그래서 어찌할 바를 모르고 가만히 서서 이 편잡 친구를, 이 야한 빛깔의 핑크빛 터번을, 이 까맣게 젖은 두 개의 눈망울을, 얼굴의 절반을 뒤덮고 있는 턱수염을 바라보고 있는데, 이 친구가 "저는 매일 터번 쓰지 못하겠어요. 한국 사람들 안 좋아합니다. 공장에서 한 시간 버스 타야 합니다. 버스에서 술 취한 사람들, 알 카에다 말합니다. 버스에서 개새끼들 있습니다. 그치? 오늘은 명절, 터번 쓰겠습니다"라고 말했다.

그 말에 나는 좀 놀랐다. 명절이기 때문에 터번을 썼다는 말에 그런 게 아니라, 버스에서 개새끼들 있다는 말에 그런 게 아니라, '그치?'라는, 그 여성스럽고 다정한, 상대방에게 긍정의 답변을 은근히 요구하는 표현방식에. 그래서 나는 안으로 들어오라는 말도, 만나서 반갑다는 말도 하지 못하고 한동안 문고리를 잡고 서 있

be. Looking upon the kind of face that could sprout such a beard as prodigious as his; reaching out to shake a hand so damp with sweat: these things were all firsts for me.

Most bewildering of all, though—not to mention slightly disappointing—was the fact that this fellow's Korean was downright lousy. Of course, one couldn't really expect someone from India, come all the way to this country to find work, to have a native command of the Korean language. But still, I'd somehow assumed he would have enough for a conversation of some reasonable depth; there had been no hint that his language would be this broken. And so, not knowing what else to do, I just stood there, staring at him. I looked at this fellow from Punjab, at that scandalously pink turban, those two black, but limpid eyes, at this dense beard covering a full half of his face—and that is when the fellow spoke:

"I cannot wear turban every day. Korean people don't like. From factory, I must ride one hour on bus. There drunk people on bus, say Al Qaeda. There're sons of bitches on bus. Y'know? Today is holiday, I will wear turban."

This startled me a bit. Not the part about wearing

다가 왜 한국어를 그렇게밖에 하지 못하는지 캐물었다. 영어와 한국어를 섞어가면서 이 친구가 내게 설명하기를, 하지만 그는 한국어에, 나는 영어에 익숙하지 않았기 때문에 약간 석연찮게 이해한 이야기에 따르면, 이 친구에게는 대부분 시크 교도인 열두 명의 편잡 동료들이 있으며, 이 열두 명의 편잡 동료들은 가구공장에 딸린 컨테이너에서 함께 생활하면서 번갈아 편잡 식으로 음식을 만들어 먹기 때문에 한국어를 모른다고 해도 '노 프라블럼'이지만, 어떤 모종의 일 때문에 이 친구만은 한국어를 배우겠다고 결심하고 이주노동자를 위한 한국어 강좌에 다니기 시작했는데, 그게 오 개월 전의 일이라는 것이었다.

오 개월이라는 기간이 낯선 말을 배우는 데 있어서 긴 시간인지, 짧은 시간인지는 알 수 없었지만, 편잡 사람이 한국어를 배우는 데는 무척 짧은 시간이라는 사실을 문 앞에 서서 이 친구와 얘기해본 뒤에야 나는 알게됐다. 그 오 개월 동안, 이 친구가 아내와 친해졌다는 건나도 알고 있었지만, 도대체 왜 이 친구와 아내가 친해져야만 했는지는 알지 못했는데, 막상 이 친구와 얘기해보니까 문제는 '왜?'가 아니라 '어떻게?'라는 것임에 분

the turban because it was a holiday, or the part about sons of bitches being on the bus; what startled me was the 'y'know?'—the familiar, almost feminine tone of it, the subtle push for an affirmative response implicit in its phrasing. And so without inviting him in, or even telling him I was happy to meet him, I just continued to stand there, my hand on the door handle, investigating the source of his awkward Korean.

According to his explanation, which was in a combination of Korean and English that proved less than satisfying thanks to his lack of Korean and my lack of English, this fellow had twelve coworkers also from Punjab, most of whom were Sikhs. Because these twelve Punjabi coworkers all lived together in a converted shipping container on the grounds of the furniture factory where they all took turns cooking Punjabi food for one another, it was "*no problem*" that they did not speak Korean. But something had happened to this particular fellow that made him determined to learn Korean, and so he had started attending a language class held for immigrant laborers. This had been five months ago.

I had no way of knowing whether five months counted as long or short when it came to learning

명했다. 그래서 내가 어떻게 아내와 친구가 됐느냐고
물었을 때, 이 친구는 다시 한국어 강좌에 나가게 된 경
위를 설명했는데, 그건 앞에서 들었던 것과 마찬가지
로, 어느 날 한국어가 연기처럼 자욱하게 떠다니는 광
장의 한가운데 혼자 서 있다가 숨이 막혀서 죽을 뻔한
일이 있었기 때문이라는, 요령부득의 설명이었다.

하는 수 없이 나는 웃음을 터뜨렸고, 그러자 이 친구
도 나를 향해 웃었다. 우리는 서로 마주 보면서 바보처
럼 웃었다. 왜 이 친구가 한국어를 배워야만 했는지, 어
떻게 아내의 친구가 됐는지 내가 알 도리는 없었지만,
왜, 그리고 어떻게 이 친구가 나를 찾아왔는지는 알고
있었다. 이 친구는 거실에 놓인 저 피아노를 조율하겠
답시고 장장 한 시간에 걸쳐서 버스를 타고 온 것이었
다. 그러니까 알 카에다라고 놀림받을 것을 각오한 채
머리에 핑크빛 터번을 두른 채. 이렇게 한 해가 저물어
가는 밤에. 그래서 나는 웃음을 그치고 안으로 들어오
는 게 어떻겠느냐고 말했다. "어떻겠느냐?"라고 내 말을
한번 따라 하더니 이 친구는 고개를 갸우뚱거렸다. 바
로 이런 친구가 내 아내의 새로운 대화 상대라고 했다.

a strange language, but I soon realized, standing at the door and talking to this fellow, that it was a very short period of time indeed when it came to someone from Punjab learning Korean. I'd known that this fellow and my wife had struck up a friendship over this five month period without ever quite knowing why, exactly, he and my wife had got to doing any such thing—but now that I was actually talking to him it became clear that the question was not so much a matter of "why" as "how." And so I asked him, directly, how had he become friends with my wife. And he gave me, again, his account of why he had started taking the language classes. One day he'd found himself standing, alone, in the middle of some city square in a dense fog of Korean words surrounding him on every side—and, suddenly, it was so suffocating that he very nearly died. All of which was beside the point of the actual question.

There was nothing else for it: I started to laugh, which made the fellow laugh right back at me. We stood there facing each other, just laughing like a couple of fools. I still had no way of knowing why this man had had started learning Korean, or how he and my wife had become friends, but I did

눈이, 그것도 잘하면 폭설 같은 것이 내릴 만한, 조용한 밤이었다. 낮 동안 구름을 몰고 다녔던 회색 바람도 어둠 속으로 잦아들었다. 이 친구는 피아노 앞에 무릎을 꿇고 앉아서 이따금 내가 가져온 녹차를 홀짝이며 피아노를 조율하기 시작했다. 제 음(音)을 찾아가야만 하는, 아직은 아무런 의미도 없는 소리들이 집을 울렸다. 나는 TV라도 볼 생각으로 소파에 앉았다. TV에서는 가수들이 번갈아 나와서 내가 잘 모르는 노래를 부르고 있었다. 자세히 살펴보면 새로운 가수들이 끼어 있기는 하지만, 그밖에 다른 점은 찾기 어려운, 매년 한결같이 되풀이되는 그런 화면이었다.

댄스 음악이 흘러나오는 거실에서 이 친구가 심각한 표정으로 건반을 두들길 때, 모임에 나가면서 자신과는 "말하자면 친구"인 인도인이 저녁에 피아노를 조율하러 올 텐데 잘 대접하라고 아내가 말한 게 떠올랐다. 내가 할 수 있는 대접이라고는 이 친구가 건반을 두들길 때마다 눈치채지 않게 리모컨으로 TV 소리를 조금씩 낮추는 일이었다. 이내 나는 TV에 흥미를 잃고 창밖을 내다봤다. 나는 그런 생각을 했다. 눈 생각. 엄청나게 쏟아지는 눈 생각. 편잡에서 온 이 친구는 눈에 대해서 아는

know precisely why, and how, he had ended up at my door. This fellow had spent a good hour or so on the bus to come and tune the piano we had sitting in our living room. He'd come having already accepted that he would be heckled for being "Al Qaeda" while wrapping a pink turban around his head. All on this night, as one year gave way to the next. I stopped laughing and asked the man if he would care to come inside.

At that, he repeated "Would care to?"—and cocked his head to one side. This, this was my wife's new conversation partner.

The night was quiet with the steadily falling snow. Even the gray wind—the same gray wind that'd spent the whole day herding the clouds back and forth—had died away into the darkness. Kneeling in front of the piano, sipping every now and then from the green tea I'd given him, he began tuning. The house rang with meaningless notes that still had to find their pitch. Thinking I might just watch some TV, I took a seat on my couch. Onscreen, a series of pop stars were taking turns singing songs I didn't recognize. When I looked closely I could tell that some of them were fresh faces, but it was

바가 많지 않을 것이다. 어쨌든 편잡이라면 더운 곳일 테니까. 터번을 보면 알 수 있다. 눈 같은 건 절대로 내리지 않을 것이다.

한 십여 년 전. 우리의 꿈은 소박했다. 우리의 소망은 전셋집이라도 좋으니 반지하방이 아닌 번듯한 집 한 채만 있으면 좋겠다는 것이었다. 대학교를 졸업하고 막 사회에 나올 무렵이라 지금보다는 훨씬 더 가난한 시절이었다. 그즈음, 우리는 눈이 잔뜩 내린 홋카이도로 여행을 갔었다. 여행갈 처지가 전혀 아니었지만, 마이너스 통장으로 돈을 대출받아서까지 떠난, 우리 나름대로는 꽤나 특별한, 말하자면 이별여행이었다. 우리는 전철을 타고 오타루라는, 바닷가 옆의 작은 도시를 찾아갔다. 가방을 끌며 역 바깥으로 나가니 우리 입김 너머로 사람 키 높이만큼 눈이 쌓인 도로와, 그 도로의 끝에서부터 시작되는 바다가 눈에 들어왔다.

오타루에서 2박 3일 동안 머물면서 우리는 원 없이 떨어지는 눈송이들을 바라봤다. 2월의 눈은 무척이나 가벼워, 내리다가는 다시 하늘로 솟구쳤고 나뭇가지에 쌓였다가도 바람에 날렸다. 그런 눈이 내리는 동안, 낮은 더욱 낮답게 환했고 밤은 더욱 밤답게 어두웠다. 거

hard to find anything to set this particular New Year's Special apart: just the same scene repeated year after year.

Each time this fellow struck a key, his expression so serious, in this living room filling with dance music, I was reminded of what my wife had said as she'd left to attend her gathering.

"My Indian friend ("I suppose you could call him my friend,") is coming by tonight to tune the piano, so be welcoming."

At this point, the best I could manage in terms of a warm welcome was to turn down the TV volume a bit each time he hit a key—but subtly, so he wouldn't notice. Before long, though, I lost interest in the TV and looked out the window. I started to daydream. I thought about snow. About massive mounds of snow pouring out of the sky. This fellow from Punjab probably didn't know very much about snow. Punjab, I figured, was probably a hot place. That was obvious from the turban. It'd be the kind of place where nothing like snow ever fell from the sky.

It was about ten years ago. Our dreams were modest. All we wanted was a proper place to live. It didn't even have to be ours, a lease would have

기 오타루에서 내리던 눈은 이미 내린 눈 위에 착하게 쌓여만 갔으므로 이제쯤 돌이켜보면 오타루의 겨울은 단 한 톨의 눈송이도 버리지 않을 정도로 검소했다고 말할 수 있겠다. 지붕을 따라 꼬마전구를 밝혀놓은 운하 옆 여관으로 들어갈 때면 우리는 발을 굴려서 신발에 달라붙은 눈을 털어냈다. 우리가 딛고 선 땅은 북극의 빙산만큼이나 단단했다.

왜, 눈이 내리는 밤에는 개들도 짖지 않잖아. 그치? 왜 그럴까?

달이 보이지 않으니까 그런 게 아닐까?

그게 아니지. 다시 생각해봐.

개들에게는 눈에 해당하는 단어가 없어서 입을 다무는 것이다?

아니야.

개들에게는 눈 내리는 풍경이 말할 수 없을 정도로 아름다운 것이어서?

재미없어.

그렇게, 말할 수 있는 한 우리는 얘기했고, 더 이상 말할 수 없을 때 우리는 서로 사랑했다. 이른 아침에도, 햇살이 힘없이 늘어지는 오후에도, 눈 그친 깊은 밤에도

20

been welcome, so long as it wasn't another rented basement room. We'd just graduated college and were on the verge of joining the workforce, so we were much poorer then. Right around that same time, we'd gone on a trip to the snow-laden Hokkaido, Japan. We couldn't afford it at all. We'd only made it eventually work by taking overdrafts on our bank accounts; it was that special a trip for us. A farewell journey.

We took a train all the way to Otaru, a small city on the coast. When we walked out of the station rolling our luggage behind us, we saw a street blanketed in snow as high as a person was tall, and, past that, the sea.

For the two nights and three days we spent in Otaru, we gorged ourselves on the sight of falling snowflakes. The February snow was so incredibly light it would drift back up into the sky even as it fell and vanish in the wind even as it touched down on a tree branch. And all the while this snow fell, the days were even brighter, the way a day was supposed to be, and the nights were even darker, the way a night was supposed be. The falling snow in Otaru seemed almost kind, the way it just quietly piled up on the snow already fallen. Indeed, look-

우리는 서로 사랑했다. 그녀의 질은 뜨겁다기보다는 따뜻했고, 그 안에서 오래도록 머물면서 나는 창문 바깥의 하얀 오타루에 있는 차가운 물들을 떠올렸다. 차가운 바다. 차가운 운하. 차가운 웅덩이. 그렇게 차가운 물에 둘러싸인 나는, 또한 따뜻한 그녀 안에 머물던 나는, 이상한 일이기도 하지, 그때 나는 용서라는 말을 떠올렸다. 먼 훗날의 누군가를, 혹은 나 자신을 지금의 내가 용서하는 일이 가능할까? 그렇다면 지금의 나의 경우는 어떨까? 먼 훗날의 나라면 지금의 나를 용서할 것인가? 그리고 많은 생각들이 떠올랐다가 사라졌다. 그중에는 반드시 기억해야만 하는 것들도 있었으나, 기억하지 않아도 좋을 것들이 더 많았다. 그 여행에서 우리가 새롭게 배운 유일한 사실, 즉 아이누들에게는 수사가 모두 일곱 개밖에 없다는 사실처럼 내가 마음에 둬야만 하는 것들은 그다지 많지 않았다. 바다로 향하던 길에 들른 작은 문학관에서 우리는 아이누란 사람을 뜻한다는 걸, 그러니까 사람에게 아주 많다는 것은 아무런 의미도 없다는 사실을 이해했다. 그렇게 겨울 바다에 이르렀을 때, 우리는 또한 바닷물도 강물처럼 끊임없이 길을 따라 흘러가리라는 사실을 납득했다. 사랑을 나누

22

ing back now, it was as if winter in Otaru pos-
sessed a kind of frugality—not a single flake wast-
ed. When we returned to the motel by the canal,
our way lit by the glow of the little light bulbs that
lined the eaves, we tapped and rolled our feet be-
fore stepping inside, shaking the snow from our
shoes. When we stood, the ground beneath our
feet seemed as hard as an iceberg.

It's like, even dogs don't bark on nights when it
snows. Y'know? Why do you think that is? Do you
think maybe it's because they can't see the moon?

No, that's not it. Think again.

Is it because dogs have no word for snow, so
they shut their mouths?

Nope.

Because dogs find the sight of falling snow so
beautiful they're struck speechless?

Eh, this is no fun.

Just like this, we talked just like this as long as we
could, and when we could talk no more we made
love. In the early morning, in the weak, lengthening
sun of the afternoon, in the deep night when the
snow stopped falling altogether, we made love to
one another. She was more warm than hot, and as
I remained for a few moments more inside her, I

다가 잠든 밤에도 우리가 저마다 꾸는 꿈처럼, 알지 못했던 곳에서 다시 알지 못하는 곳으로, 쉬지 않고 출렁이며.

피아노를 배운 적이 있다고 했지? 어디까지 배웠어? 베토벤? 모차르트?

글쎄, 체르니 40번까지 들어가긴 했는데……

들어가긴 했다니, 그럼 아직도 거기서 못 나왔다는 말이야?

거기서 끝난 거지, 뭐.

잘은 모르지만, 체르니 40번이라면 그래도 대단한 거 아니야?

그렇지 않아. 대단하지 않아. 체르니 40번은 봉우리가 아니라 오르막길 같은 거야. 거기서 길이 끝나는 게 아니야. 피아노를 치겠다면 거기서 끝나서는 안 돼. 조금 더 가야지. 그나마 나는 11번쯤까지 치다가 관뒀으니까 더 할 말도 없어.

그런데 왜 거기서 끝난 거야?

고통스러웠으니까.

체르니 40번이 그렇게 고통스러운 건가?

응. 플랫과 샵이. 체르니 40번을 친다는 건 고통 없이

thought of all the cold waters of the white Otaru that lay on the other side of the window. Cold ocean water, cold canal water, cold puddle water. And it was in that very moment, surrounded by so much cold water, and also lingering inside her warmth, as strange as it is, it was in that moment that the word *forgiveness* came to me. Was it possible, in this moment, for me to forgive someone, or even myself, in advance? To forgive the person I would become many years from now? But then again, what about myself in this very moment? Would the me of many years from now forgive the me of this moment?

Countless such thoughts came to me and disappeared as I lay there. Some of these I needed to remember at all costs, but most were fine to let go. Like the one new fact we learned on that trip, namely, that the Ainu number system only went up to seven; there weren't many things I actually really needed to keep in mind.

We stopped in a small cultural center along the road to the water and learned *Ainu* was a kind of person. And when we reached the winter ocean, we understood that these ocean waters, like the waters of a river, would flow and flow endlessly

플랫과 샵이 네 개 이상 달린 악보를 읽는다는 뜻이거든.

고통이라고 말하니까, 좀 이상하게 들린다. 그건 힘들다고 말해야 하는 거 아닌가?

글쎄, 힘든 건 마음이 힘든 거고, 고통은 몸이 고통스러운 거 아닐까? 그렇다면 그건 분명히 고통이었겠지. 그치? 손가락이 아파서 건반을 두들길 수가 없었으니까. 근데 그건 왜 물어?

그냥. 어릴 때부터 그런 생각 많이 했거든. 일 마치고 집에 돌아가 대문을 열라치면 창문 너머로 피아노 소리가 흘러나오는, 그런 풍경. 그런데 피아노 치는 게 그렇게 고통스러운 건지는 미처 몰랐어.

내 말이 끝나고도 한참 동안이나 대꾸가 없던 그녀는 코를 훌쩍이는가 싶더니 울음을 터뜨렸고, 그 소리는 점점 커졌다. 고개를 숙이고 아기처럼 엉엉 우는 그녀를 바라보자니, 내 눈에서도 조금 눈물이 나왔다. 그때 우리는 말하자면 같은 생각을 하고 있었던 것이다. 아기 생각. 엄청나게 쏟아지는 눈 생각. 앞으로 언제라도 쏟아지는 눈을 볼 때면 오타루가 떠오르겠다는 생각. 그런 생각들.

along their own paths. Rolling along, never tiring, from a point that could not be known to another that cannot be known, like the separate dreams we dream even on the nights spent making love.

You said you used to take piano lessons, didn't you? How far did you get? Did you play Beethoven? Mozart?

Let's see, I did get into some Czerny 40...

What do you mean you 'got into' some of it? Does that mean you're still there and you never got out?

More like that's where I stopped.

I don't know much about the piano, but isn't Czerny 40 still pretty impressive?

Not so. Not impressive. Czerny 40 isn't a summit, it's a path up a slope. The path doesn't stop there. If you're serious about playing the piano, you can't stop there. You have to go a bit further. And on top of that, I was only on number eleven when I quit, so that's pretty much that.

So then why did you stop there?

Because it was painful.

Is Czerny 40 meant to be painful?

Uh huh. All those flats and sharps are. If you can play Czerny 40 it's supposed to mean that you can

"이 피아노, 어떻게 이렇게 왔습니다."

이 친구가 내게 말했다.

"이 피아노, 어떻게, 이렇게 왔습니다."

내가 그 말을 그대로 따라 했다. 그러자 이 친구는 잽싸게 "왔습니까?"라고 말을 고쳤다. 저 피아노가 어떻게 우리 집까지 오게 됐는지는 나도 잘 모르겠다.

"외롭기 때문입니다."

"이 피아노 외롭습니다."

"아니, 그런 이야기가 아니라, 피아노가 아니라, 그렇다고 내가 아니라……"

우리가 외롭다는 말을 해야만 하는데, 그걸 설명할 방법이 없어 잠시 망설이는 사이, 이 친구는 피아노 의자에 앉아 건반을 하나 눌렀다. 낮은 파였다. 퉁명한 소리가 들렸고, 건반은 다시 위로 올라오지 않았다. 그 건반이 그런 꼴이라는 건 나도 알고 있었다. 하지만 몇 번 피아노를 두들겨본 이 친구는 내가 모르고 있었던 건반 두 개를 더 찾아낸 모양이었다. 모두 세 개의 건반이 아래로 내려갔다가 그중 두 개가 서서히 위로 올라왔다. 말하자면 3할 3푼 3리.

"이 피아노, 긴 시간 안 노래했습니다. 그치?"

sight-read music that has more than four flats and sharps without any pain at all.

Calling it painful, though, sounds a little weird. Shouldn't you say that it was difficult, instead?

I dunno, doesn't 'difficult' imply a struggle in the mind, where painful implies the actual suffering of the body? Because if so, it was definitely painful. Y' know? Considering my fingers eventually hurt so much I couldn't even hit the keys. But anyway, why do you ask?

No real reason. It's just something I've thought about since I was a kid. Coming home from work and opening the door and hearing the sound of a piano being played, that sort of thing. But I had no idea playing piano could be so painful.

She was silent for a long while after I finished speaking. And then, finally, she began to sniffle, and then cry, louder and louder. Seeing her wail, her head hanging low as she did so, I began to well up myself. Thoughts of the baby. Thoughts of heavy snow pouring from the sky. The thought that the sight of falling snow would probably always bring Otaru to mind, after this. Thoughts like these.

"This piano, came here what way?"

그제야 나는 이 친구가 궁금하게 여기는 게 뭔지 알 수 있었다.

"맞아요. 나한테 이 피아노를 준 사람도 그렇게 말했어요. 딸이 열한 살 때 치던 피아노라고."

"안 노래하면 안 삽니다."

"그래서 공짜로 얻었습니다."

"공짜는 없습니다."

내 말에 이 친구가 단호하게 얘기했다.

"벼룩시장 잘 보면 공짜 있습니다."

나도 그만큼 강한 어조로 말했다. 그러자 이 친구는 어딘지 모르게 화가 잔뜩 난 사람처럼 나를 쏘아봤다. 이렇게 얘기해봐야 아무런 소용도 없는, 참으로 한심한 일이라고 생각하면서도 나는 이 친구에게 저 피아노를 구하게 된 경위를 설명할 방법을 생각했다. 하지만 좀체 입이 떨어지지 않았다. 이제 한국에 온 지 삼 년이 넘었다는, 그리고 본격적으로 한국어를 배운 지는 오 개월이 지났을 뿐이라는 이 친구에게 한국어로 우리의 외로움을 설명할 방법을 찾지 못한데다가, 어쩌면 우리가 어떻게 결혼하게 됐는지, 그리고 피아노는 왜 저기에 놓이게 됐는지 이 친구가 다 알고 물어보는 것인지도

The fellow wanted to know.

"This piano came here some way."

I repeated by way of a reply. Immediately he corrected himself: "Some way?" I actually wasn't sure how this piano had ended up all the way in our home.

"Because we're lonely."

"This piano—lonely."

"No, that's not what I mean, not the piano, which doesn't mean—I don't mean just me, either..."

What I needed to say was that *we* were lonely, but as I hesitated, not knowing how to explain, the fellow sat down on the piano chair and pressed a key. It was a low F. A curt sound, and the key failed to come back up. I'd known before that this particular key was in bad shape—but it looked as though after just a few tries this fellow had found a couple more I hadn't known about. All told, three different keys went down and only two came, slowly, back up. A rate of thirty three point three percent.

"This piano, long time doesn't sing. Y'know?"

It was only then that I came to understand what this fellow found so curious.

"Yes, that's right. The person who gave me this piano said that, too. Told me this is the piano their

모른다는 의심이 들었기 때문이었다. 그도 그럴 것이 요즘 이 친구, 편잡에서 온 시크 교도 사트비르 싱은, 아내의 말을 그대로 옮기자면, 아내가 외국인 노동자를 위한 한국어 교실에 강사로 나가면서 사귀게 된, "말하자면 친구"였으니까.

"말하자면 친구"라니, 나로서는 그게 무슨 소리인지, 더구나 이 친구가 남자라는 사실을 알고 난 뒤부터는, 더욱 알아듣기 어려웠다. 다 큰 남자와 여자가 서로 친구가 될 수 있다고는 믿지 않는다는 식의 문제가 아니라 도대체 한국에 돈을 벌려고 온 외국인 노동자와 내 아내가 친구가 될 수 있다는 가능성 그 자체가 좀체 믿기지 않았으므로 그에 대한 내 반응은 "그래서 날더러 어쩌라고?"였다. 내 말에 아내는 "당신더러 어쩌라고 하는 소리가 아니라는 건 잘 알잖아, 그치? 내게도 말하자면 친구가 생겼다는 사실을 얘기하려는 것뿐이지"라고 대답했다. 어떻게 해서 두 사람이 친구가 될 수 있느냐는 내 물음에 아내는 이야기를 통해서라고 대답했다. 이야기를 통해서. 거참 괴상한 일이기는 했지만, 어쨌든 지난가을부터 치자면 지구상에서 아내와 가장 많은 이야기를 주고받은 사람은 남편인 내가 아닌 바로 이

daughter played when she was eleven."

"If doesn't sing, doesn't live."

"Well, that's why I got it for free."

"There is no such thing as free."

His reply was firm.

"There is such a thing as free if you're very good at searching through the penny saver."

I answered in a tone every bit as firm, and at that, this fellow shot me a look that seemed downright angry. Even as I told myself that these sorry attempts to explain were completely useless, I kept trying to come up with some way to account for how I had ended up with this piano. But the words failed to come to me. I could not find a way to explain to this fellow—now in his third year since coming to Korea and just hitting his fifth month of actually learning Korean—what I meant by "our" loneliness. At the same time, it occurred to me, too, that maybe he already knew it all: how we'd ended up getting married, how this piano had ended up right here. After all, this fellow, this Sikh from Punjab named Satvir Singh, who'd first encountered my wife as a part-time language teacher for foreign laborers, had now become, in her own exact words, "basically a friend" of hers.

33

친구였다.

그리하여 아내는 이 이상하게 생긴 외국인에게 우리 이야기를 포함해 온갖 이야기를 다 털어놓았으리라는 게 내 결론이었는데, 곰곰이 생각해보니 여기에는 문제가 하나 있었다. 이 친구가 이렇게 한국어를 못하는 한에는 아내가 아무리 많은 이야기를 들려준다고 하더라도 이 친구가 그 속 깊은 이야기를 이해할 방법이 없지 않겠는가. 그런데도 아내는 이야기를 통해 두 사람이 친구가 됐다고 말하니 알 수 없는 일이었다. 어쩌면 아내는 한국어를 전혀 알아듣지 못하는, 하지만 한국어를 배우고자 하는 욕망은 강한 이 친구의 처지를 이용해서 자기 넋두리를 늘어놓은 것인지도 모를 일이었다. 때로 아내와 얘기하다보면 그 이야기를 알아듣든, 알아듣지 못하든, 아내는 그저 잠자코 자기 이야기를 들어줄 사람을 원하는 게 아닐까 하는 생각이 들기도 했었으니까. 그렇게 지난가을부터 이 친구로서는 하나도 알아들을 수 없는 이야기들, 예컨대 인생의 고비마다 느꼈던 절망이나 여전히 가지고 있는 꿈들, 그런 게 아니라면 하다못해 좋아하는 색깔과 감명 깊게 읽은 책 따위의 이야기를 쉬지 않고 중얼중얼 들려준 것인지도, 또 그

"Basically a friend." I had no idea what that was supposed to mean, and I understood even less once I found out that this so-called friend was male. It wasn't that I had a hard time believing a grown man could ever be friends with a grown woman—what I had a hard time believing in was the very possibility that a foreign laborer who had come all the way to Korea to make money could ever be friends with my wife. To this reaction on my part, my wife simply replied: "Well, it's not like I'm asking you to do anything about it, y'know? I'm just trying to share the fact that I've made a new friend." As for my question of how the two of them had become friends, my wife replied: by talking.

By talking. It was just the damnedest thing. But, at any rate, what this meant was that, since the previous fall, at least, the person my wife had spent the most time talking with was not me, her husband, but this man.

As such, I had reached the conclusion that my wife must have divulged all sorts of things, including things about us, to this strange looking foreigner; but now, upon further reflection, it was clear that this theory had a flaw. As long as this fellow's Korean was this poor, it wouldn't even matter

런 걸 가리켜서 "말하자면 친구" 사이라고 한 것인지도.

나는 이 친구가 잘 알아들을 수 있도록 또박또박 끊어서 "이 피아노의 주인은 노인이었습니다"라고 말했다.

"나이 많은 사람. 노인은 병들었습니다. 노인은 곧 죽습니다. 자기가 죽으면 이 피아노도 없어질까봐 걱정했습니다. 그래서 이 피아노를 내게 줬습니다. 무슨 말인지 알겠습니까?"

나는 이 친구의 눈망울을 들여다보면서 말했다. 그러자 이 친구가 말했다.

"제 말을 잘 들어주세요. 이 피아노, 어떻게, 이렇게까지 왔습니까?"

그 말에 당황한 나는 그 노인에 대한 이야기를 장황하게 늘어놓았다. 집에 있는 낡은 야마하 피아노를 그냥 주겠다는 내용의 광고를 무가지에서 읽고 전화했을 때, 노인은 병원에 있었다. 광고를 보고 전화했다고 말하니, 노인은 다 죽어가는 목소리로 피아노를 칠 사람은 누구냐고 내게 물었다. 그 목소리를 듣자마자 나는 전화한 일을 후회했지만, 어쩔 수 없는 일이라고 생각하고는 아내에게 선물할 계획인데, 아내는 초등학교 시

how much talk my wife poured into his ear: there'd still be no way for him to understand the whole story.

And yet, she'd told me that they'd become friends by talking to one another. I didn't know what to make of it. Who knew? Maybe my wife was actually using this fellow—with his combination of utter Korean incomprehension and burning desire to learn Korean—to get all her complaints off her chest. I found myself wondering before if that was all she really wanted: someone to listen to her talk, regardless of whether they did or did not understand. So, maybe, since the previous fall, this fellow had simply been listening without understanding her talk of the despair that comes with life's various crises, of maybe the dreams that somehow survive them. Or, rather, if not topics like these, then some ramblings about her favorite color, or this or that book she'd found particularly meaningful. Maybe this was what she'd meant when she said that he was "basically a friend."

I tried to keep it simple, articulating each syllable to help the fellow understand. "The owner of this piano was an old man," I began.

"Someone who has lived a long time. And this old

절에 체르니 40번까지 쳤다고 대답했다. 그러자 노인은 매우 기뻐하며 병원에 오면 집 열쇠를 주겠노라고 말했다. 병실로 찾아가보니 생각했던 것만큼은 나이가 많지 않은 노인과 부인이 있었다. 노인은 힘없는 목소리로 그 피아노가 자신의 인생에서 얼마나 중요한지 한참 떠들어댄 뒤에야 내게 열쇠를 건넸는데, 그러는 동안 부인은 문을 열고 밖으로 나가 내가 병실을 떠날 때까지 다시 돌아오지 않았다. 아무도 없는 집에 혼자 가는 게 영 마뜩잖았지만, 괜찮다고, 그 피아노는 자신에게 정말 소중한 것이라고, 그게 남은 유일한 것이라고, 그러니 괜찮다고 눈물까지 글썽이며 어서 집에 가서 피아노를 가져가라고 떠미는 노인 때문에 엉거주춤 병실 밖으로 나오게 됐다.

노인의 집은 신도시 한가운데 있는 구 시가지의 낡은 단독주택이었다. 차라리 변두리에 있었더라면 신도시가 건설될 때 보상이라도 받아 아파트로 들어갔을 텐데, 철근을 넣은 거푸집에 콘크리트를 쏟아부어서 지었을 그 이층집은 1980년대 초반의 양식 그대로 거기 있었다. 새시로 만든 현관문을 열자, 저 피아노가 바로 눈에 들어왔다. 그때 나는 피아노를 전문적으로 옮겨준다

man, he was sick. This old man was going to die soon. And he worried that when he died, this piano would die, too. So he gave this piano to me. Do you understand what I'm saying?"

I looked deep into the fellow's eyes as I said the words.

"Please listen what I saying. This piano, came here what way *like this?*" Taken aback by this sudden turn in conversation, I proceeded to lay out the tale of the old man at great length. When I'd called about the ad in the penny-saver offering— For free, an old Yamaha just sitting around the house—the old man was actually in the hospital. When I explained that I was calling about the ad, the old man, his voice impossibly weak, asked who would be playing the piano. The instant I heard his voice I regretted calling at all. But there was no way out of it at that point, and so I explained that I was thinking of getting it as a present for my wife, and that my wife had gotten all the way to Czerny 40 back when she was in middle school. This seemed to delight the old man, who then said that if I came to the hospital, he would give me his house keys.

When I got to his hospital room, he was there—

는 사람과 함께 갔었는데, 그는 이 친구와 마찬가지로 피아노를 조율할 줄 아는 사람이었다. 그는 저 피아노의 건반을 몇 번 두들겨보더니 혀를 끌끌 차면서 피아노 구실을 제대로 하려면 조정과 조율을 서너 번은 거쳐야만 하는데, 할 것이냐고 내게 물었다.

내가 그 말을 무시하고 그냥 피아노만 옮겨달라고 퉁명스럽게 대답한 데에는 몇 가지 이유가 있었는데, 우선 그 피아노에는 잊을 수 없는 추억이 담겼다고 한 노인의 말 때문에 내 마음대로 피아노를 손보는 게 옳은 것인가는 생각이 든데다가 조정과 조율에 드는 비용이 생각보다 비쌌다는 점 때문이기도 했지만, 가장 중요한 이유는 그 사람의 말을 제대로 이해하지 못했기 때문이었다. 그때까지만 해도 나는 조정과 조율이라는 게 뭔지 알지 못했다. 그래서 나는 "딸이 떠나고 나서는 한 번도 두들기지 않았던 피아노라니까 괜찮을 거예요. 그냥 옮겨주세요"라고 말했는데, 그 사람은 곧 후회할 것이라는 정확한 예측으로 내 말을 받아쳤다. 나중에 열쇠를 돌려주려고 병원에 갔다가 나는 왜 노인의 부인이 피아노를 거저 가져간다는데도 무덤덤한 반응뿐이었는지 알게 됐다. 그 피아노는 노인의 딸, 그러니까 전처

not quite as old as I'd expected—and he was with his wife. Before he handed over the keys, he spent quite a while explaining, in that weak, dying voice of his, just how important the piano had been in his life; through it all, his wife remained excused from the room, not returning until it was time for me to leave. I had my reservations about just entering a stranger's empty house alone, but the old man insisted that it was fine, that the piano was truly precious to him, that it was the only thing left to do. He had actual tears in his eyes as he urged me to hurry up and go, to go to his house and take the piano, and somehow I found myself, still hesitant, standing outside of the hospital room itself.

The old man lived in a run-down single family dwelling in an old neighborhood right in the middle of all the new city construction. Farther out on the outskirts of town, and he might have been bought out by the developers; he might have made enough money to upgrade to a proper apartment Instead, the two-story rebar-and-concrete construction still stood exactly the way it must have back in the 1980's. When I opened the front gate and made to enter, the very first thing I saw was

와의 사이에서 낳은 딸이 치던 피아노였다. 노인과 전처가 이혼한 뒤, 아마도 내 또래였을 그 딸은 엄마를 따라 새로운 인생을 찾아 미국으로 이민을 떠나고 그 피아노만 달랑 남은 것이었다.

여기까지 얘기했을 때, 이 친구는 그제야 저 피아노가 어떻게 '이렇게까지' 왔는지 이해한다는 듯이 고개를 끄덕였다. 물론 긴 시간 얘기했지만, 정작 내가 왜 저 피아노를 우리 집으로 가져와야만 했는지에 대해서는 한마디도 하지 않았는데도 그렇게 알겠다는 듯이 고개를 끄덕이는 이 친구를 보고는, 어이가 없었다기보다는 아내가 이미 그 이야기를 모두 이 친구에게 들려준 것이라고 나는 확신하게 됐다. 그러자 나는 문득 아내가 어떤 식으로 이 친구에게 설명했을지 궁금했다. 아내는 내가 왜 저 피아노를 여기까지 가져와야만 했는지 이해했을까? 완전히 이해한 것이라면, 어떻게 내게 저건 아무런 쓸모도 없는 피아노라는, 그런 냉소적인 반응을 보였던 것일까?

아내에게나 이 친구에게나 하지 않은 이야기가 더 있다. 그건 미국으로 이민 간 딸이 그 노인에게 보낸 편지의 내용이었다. 그 편지는 피아노와 함께 가져온 의자

the piano. I'd brought a professional piano mover along with me, and he, just like this fellow now, had known how to tune pianos. After trying out the keys a few times, the man clicked his tongue and explained that it would take three or four full tune-ups before the piano could come close to doing the job of a proper piano again. He asked if I was really going to take this on.

There are a few reasons why I ignored the spirit of the question, answering only with a curt request that he just move the thing: first, the old man's in-sistence that this piano held such unforgettable memories had me wondering whether I really had any right to touch the thing; second, tuning the pi-ano was actually more expensive than I'd thought; and third, and most of all, it just so happened that I failed to fully understand the full implications of the mover's words at the time.

Really, I never fully understand what tuning even entailed at the time. Which was how I ended up saying, "I was told it hasn't been played at all since their daughter left, so it should be fine. Please, just move it." The man parried with a precise, and ulti-mately accurate prediction: I would regret it.

Later, back at the hospital to return the old man's

속에 들어 있었다. 나는 여러 번 그 편지를 꺼내서 읽어
봤다. 미국으로 떠난 지 여러 해가 지난 뒤, 그러니까 그
딸이 십대 후반이 된 뒤에 보낸 것으로 보이는 그 편지
에는, 그럼에도 초등학교 5학년 어린이가 쓴 것처럼 비
뚤비뚤한 글자가 쓰여 있었다. 편지는 "아빠, 잘 지내?"
라고 시작해서 "걱정 많이 하지 마. 병나지 말고, 튼튼해
요. Anna가"로 끝났다. 그 아이의 한국어는 미국으로 떠
날 당시의 그 상태 그대로 멈춰 있었던 게 분명했다. 그
럼에도 노인은 언젠가 딸이 돌아왔을 때 피아노를 칠
수 있도록 새로 결혼한 부인에게 매일 피아노를 깨끗하
게 닦으라고 명령했다. 그러니까 그게 아직까지는 노인
이 튼튼했을 시절의 일들이었다. 하지만 오늘 우리 집
에 와서 건반을 두들겨본 이 친구가 알고 있듯이, 나와
함께 피아노를 가지러 노인의 집을 찾아갔던 그 사람이
알고 있듯이, 그리고 15, 16세의 소녀가 쓴 것으로는 보
이지 않는 저 비뚤비뚤한 글자체의 편지가 말해주듯이
그러는 동안에도 저 피아노는 서서히 죽어가고 있었다.

　한 해가 흐르고 또 한 해가 지나는 동안, 음정은 틀려
지고 건반은 망가진다. 그 아이의 한국어가 이미 죽은
한국어인 것처럼, 그 아이가 돌아와 피아노를 친다고

house keys, I found out why the old man's wife had been so reserved on my taking their piano away for free. The piano had belonged to the daughter of the old man—which is to say, it belonged to the daughter he had had with his previous wife. When the old man had divorced his previous wife, his daughter, who was probably around the same age as me, had immigrated to America with her mother in search of a new life.

Right around this point in the story, the fellow nodded—as if he'd now finally understood how the piano had, in fact, "came here *like this*." Seeing this fellow nod in comprehension when, despite how long I'd been talking, I still hadn't gotten to a single word about just why, exactly, I'd decided to get the piano in the first place, I felt—not bemused, exactly, so much as subject to a growing certainty that my wife must have told him everything already. This, in turn, made me curious as to just how much of the situation she might have explained to him. Did she herself fully understand why this piano had come to be here? And if she did fully and completely understand, how could she have reacted so coldly at the time, telling me the thing was completely useless?

해도 그때 그 시절의 음률을 노인이 듣는 일은 없을 것이었다. 모든 것은 그렇게 바뀔 뿐이었다. 아내는 내게 자신이 저 피아노를 치는 일은 없을 것이라고 선언한 뒤, 외국인 노동자들에게 생존에 필요한 최소한의 한국어를 가르치는 일에만 몰두했다. 내가 퇴근할 무렵이면 아내는 외국인 노동자를 위한 단체에서 운영하는 한국어 교실에서 '제게는 다섯 명의 가족이 있습니다. 아버지, 어머니, 형, 누나, 동생이 있습니다. 저는 아버지를 사랑합니다. 저는 어머니를 사랑합니다. 저는 형을 사랑합니다. 저는 누나를 사랑합니다. 저는 동생을 사랑합니다' 따위의 문장을 가르쳤다. 그런 저녁, 아무도 없는 집에서 음정이 틀린 건반을 두들겨보다가 한번은 병원에 전화를 걸었다. 노인의 휴대전화는 꺼져 있었다. 음성메시지를 남기려고 번호까지 눌렀다가 그냥 전화를 꺼버렸다. 죽어가는, 혹은 이미 죽었을지도 모르는 노인의 음성사서함에 남길 만큼 중요한 의문은 아닌 것 같았다. 그러니까 딸이 돌아오면 저 피아노를 칠 것이라고 믿었느냐는 물음 말이다. 정말 그럴 것이라고 믿었던 것이냐는 물음.

There was a part of the story I didn't tell either my wife or the fellow: the contents of the letter the old man received from his daughter in America. There was a letter in the bench that came with the piano. I'd taken it out of the bench to read many times. The handwriting in this letter—which appeared to have come many years after the daughter first left for America, as she seemed to be in her late teens—was childish, like a fifth grader's. It began, "Dad, how are you?" and ended, "Don't worry too much. Don't get sick, stay healthy. From *Anna*."

It seemed clear that her Korean had just stayed at the exact level it was when she left the country for America. And yet, the old man, determined that his daughter would be able to play her piano again when she finally came back, had ordered his new wife to dust the instrument every day. All this, of course, had happened back when the old man was still hale and hearty. But the truth—and this was a truth known by this fellow trying out the keys here in our house, a truth known by that professional mover who had accompanied me to get the thing at the old man's house, and a truth revealed by the childish hand of the fifteen, sixteen year old girl

지금 집으로 돌아가고 있는 중이지만, 눈이 내리고 있어 거리가 혼잡하니 귀가 시간이 좀 더 늦어질 수 있겠다는 아내의 전화를 받고 나서야 나는 창밖에 눈이 내린다는 사실을 알아차렸다. "안 노래하면 안 삽니다"라는, 이 친구의 말은 음정이 틀리면 누구도 피아노를 사지 않는다는 뜻이 아니라 연주하지 않는 피아노는 결국 죽게 된다는 뜻이라는 사실도 나중에야 알아차렸다. 그렇다고 해서 피아노를 살릴 수 있는 길이 아예 없는 것은 아니어서 서너 번 더 한 시간씩 버스를 타고 찾아와 손을 보게 되면 다시 살아날 수도 있다는 게 이 친구의 설명이었다. 자기가 도착할 때까지 이 친구를 보내지 말라고 아내가 신신당부했으므로 조율을 마친 이 친구와 나는 거실에 가만히 앉아서 송년 프로그램을 멀뚱멀뚱 바라보고 있었다. 당근이나 오이 따위로 차려입은 개그맨들이 나와 익살스러운 말들을 주고받았는데, 방청석의 사람들이 손뼉을 치며 웃음을 터뜨리는 동안에도 이 친구는 당연히 무표정한 얼굴이었다. 어른이 됐다고 생각한 뒤로는 단 한 번도 개그맨들의 이야기가 웃기다고 생각해본 일이 없었음에도 나 역시 정말 재미있는 이야기가 오간다는 듯이 웃음을 터뜨렸다. 그렇게

writing this letter—the truth was that even back then, the piano was already dying, slowly.

As one year passes into the next, the pitches on a piano eventually go off and the keys will break down. It wouldn't have mattered even if she had come back to play that piano; the old man still wouldn't have heard the same notes he remembered. They were gone, much the same way that the child's Korean was already dead. Everything changes. There was no way around it.

After announcing that she would never be caught dead playing this piano I had brought her, my wife devoted her attention to teaching basic conversational Korean to foreign laborers. Around the time of day that I'd get off work, my wife would attend a classroom run by some organization in support of the foreign laborer community. She'd teach them sentences like: "I have five family members. I have a father, a mother, an older brother, an older sister, and a younger sibling. I love my father. I love my mother."

On one of these evenings, as I sat alone in our empty apartment fiddling with the piano's out of tune keys, I called up the hospital on a whim. The old man's cell phone was off. I pushed the number

한참 웃고 나니 개그맨들은 사라지고 다시 가수들의 노래가 시작됐다.

나는 TV 소리를 줄이고 부엌의 냉장고에서 맥주 두 캔을 꺼내와 이 친구에게 하나를 권했다. 시크 교도들이 술을 마시는지 어떤지 알 수 없었지만, 지금까지의 내 상식으로 봐서는 안 마실 게 분명했지만, 오히려 그렇기 때문에 나는 몇 번이고 마다하는 이 친구에게 맥주를 권했다. 어쨌든 오늘은 한 해의 마지막 밤인데다가 서로 좀 취하게 되면 이 서먹서먹한 분위기가 좀 나아지지 않겠는가는 생각이 들었기 때문이었다. 결국 이 친구는 어쩔 수 없다는 듯 체념한 표정으로 캔을 땄다. 우리는 캔으로 서로 건배한 뒤, 한 모금 들이켰다. 나는 이 친구가 오른손으로 수염을 한번 쓰다듬는 동안에도 캔에서 입을 떼지 않았다. 나는 한번 더 건배하자고 캔을 내밀었고 우리는 맥주를 들이켰다. 캔 하나는 금방 동이 났고, 나는 냉장고로 가서 맥주 두 캔을 더 꺼냈다. 캔을 내려놓으며 나는 아내와 이 친구가 만나면 도대체 무슨 이야기를 하는지 궁금하다고 말했다. 물론 아내는 말이 많은 사람이니까 시간이야 금방 가겠지만, 내가 궁금하게 여기는 건 과연 이 친구 정도의 한국어 실력

to leave a voicemail before just hanging up. It didn't seem like an important enough question to leave on the voicemail of a dying old man—or maybe even a dead one. I mean the question of whether or not he actually thought that his daughter, if she ever came back, would play this piano again. Whether or not he really actually had believed that she would.

She was on her way home, but the rush hour traffic had only become worse with all the snow and it looked as though she might be even later than expected. It was only after I received this call from my wife that I realized it was snowing outside the window. It was only after the fact that I understood. When the fellow said, "If it doesn't sing, it won't live," he wasn't saying that no one would buy an out of tune piano, he was saying that a piano that isn't played will eventually die. Still, he explained, this didn't mean that there was no way to bring the piano back to life. If he simply came back three or four more times to tune it again, riding the bus for an hour each time, it might still be saved.

Because my wife had begged me to keep the fellow there until she arrived, he and I had ended

으로 그 많은 이야기를 다 이해하겠느냐는 점이었다. 만약 한국어를 이해하지도 못한다고 한다면, 이 친구를 만난다고 나가서 보낸 그 많은 시간들은 무엇을 위한 시간들이었을까? 이상한 상상을 하는 것은 아니었다. 다만 궁금할 뿐이었다.

그러자 이 친구는 뜻밖의 말을 꺼냈다.

"혜진은 한국말 안 합니다. 혜진은 영어 말합니다."

"영어? 혜진이 왜 영어로 말해?"

무슨 소리인지 몰라서 내가 되물었다.

"혜진은 영어 말합니다. 저는 한국말 말합니다."

"혜진은 영어를 잘 못하는데?"

"저는 영어 잘합니다. 서로서로 배웁니다. 서로서로 고쳐줍니다."

그제야 나는 "말하자면 친구"라는 게 어떤 것인지 알 것 같았다. 그건 내가 은근히 걱정한 것처럼 심각한 게 아니라 아무런 대가 없이 서로에게 한국어와 영어를 가르쳐주는 관계였던 것이다. 이 친구는 더듬더듬 한국어로 말하고, 마찬가지로 아내도 더듬더듬 영어로 말하는 사이. 말 그대로, "말하자면 친구"인 사이. 나는 마음이 좀 풀어져서 맥주를 쭉 들이켜고는 이 친구에게도 마시

up just sitting in the living room in front of the television, staring blankly at the screen as it blared the usual New Year's special. Comedians dressed as carrots and cucumbers appeared onscreen to exchange banter. Even as the studio audience burst into applause and laughter, the fellow next to me, of course, remained impassive. Though I myself had never found this type of comedy particularly funny—at least not since I had begun to consider myself an adult—I found myself laughing uproariously, as if something truly funny had just been said. After a long while of this, the comedians disappeared, replaced once again by pop stars and their accompanying pop songs.

I turned down the TV and went to the fridge. I brought back a can of beer and offered one to the fellow. I had no idea whether or not Sikhs drank alcohol, and, indeed, based on common sense and what I had gathered up until that point told me that they most definitely did not. But somehow this just made me insist all the more. I pressed the beer upon him through several rounds of protests. It was, after all, the last night of the year, and it occurred to me that getting a little bit drunk might do something to ease the awkwardness between us.

라고 강권했다.

"영어로 혜진은 무슨 이야기를 합니까?"

"이야기 많이 합니다. 날씨, 음식, 음악, 책 말합니다. I like Zorba the Greek, 이렇게 이야기들입니다."

"맞아요. 혜진은 『그리스인 조르바』란 책을 좋아합니다. 그럼 당신은 무슨 이야기를 합니까?"

"저도 말합니다. 날씨, 음식, 음악, 책 말합니다. 저는 라흐마니노프 좋아합니다."

"나는 당신이 피아노를 조율하리라고도, 라흐마니노프를 좋아하리라고도 생각하지 못했어요."

뭐, 내가 예상하지 못했던 게 그것뿐이었겠는가. 그가 시크 교를 믿는 펀잡 사람이라는 걸, 그래서 수염을 덥수룩하게 길러야만 한다는 사실을, 그러므로 또한 컨테이너에서 함께 생활하는 열두 명의 친구들 역시 그와 마찬가지로 턱수염을 길렀으리라는 걸 내가 무슨 수로 짐작할 수 있었겠는가.

"혜진은 영어를 잘 못하고, 당신은 한국말을 잘 못합니다. 그래서 고작 I like Zorba the Greek이나 저는 라흐마니노프 좋아합니다 따위의 말밖에는 못합니다. 그래가지고서는 서로 마음에 있는 이야기를 나누지는 못

In the end, the fellow accepted, opening the can with an expression of something like resignation. We toasted one another and then each took a gulp. The fellow smoothed his beard with his right hand. Throughout this particular maneuver I kept my lips fixed to my can. I raised my can again for another toast, and we drank. It took no time at all for the cans to empty, and I went back to the fridge to get two more. After I returned to place two more cans down, I told him that I was curious as to what kinds of things he and my wife actually talked about when they got together. Of course, my wife is a talkative person, so I understood that there would have been no trouble filling the time itself—what I wanted to know was how much this fellow, with his specific level of Korean comprehension, would have been able to understand. If it turned out that he understood nothing at all, then what was to be made of all those hours she'd spent ostensibly with no one but him? It wasn't that I was imagining anything strange. It was just that I was curious.

That was when he said something I never expected.

"Hye-jin no talks Korean. Hye-jin talks English."

"English? Why would Hye-jin speak English?"

합니다. 그치? 이 말도 잘 알겠네요. 말하자면 혜진의 언어 습관 같은 거니까. '그치?'라는 말, 많이 들었겠지요, 그치?"

"예, 많이 들었습니다. 그치?"

나는 마음이 흡족해 크게 웃음을 터뜨렸다. 내가 웃자, 이 친구도 따라 웃었다. 우리는 함께 웃었다.

"또 무슨 얘기를 했습니까? 혜진이 내 이야기 같은 것도 했습니까?"

웃음을 그치고 내가 말했다.

"당신 이야기 같은 것은 안 했습니다. 코끼리 보고 혼자를 했습니다."

"코끼리? 혼자? 환자?"

무슨 이야기인지 몰라서 내가 되물었다.

"코끼리 그림 보고 혼자를 했습니다. 하나. 혼자라고 말했습니다."

"아아, 혼자. 그런데 뭐가 혼자라고 말했습니까?"

"혜진의 마음, 혼자입니다."

나는 이 친구의 말을 도무지 알아들을 수 없었다. 그게 아내의 심장이 하나라고 말하는 것인지, 아내가 스스로 혼자라고 생각한다는 것인지. 그러자 이 친구는

I couldn't fathom what he was saying.

"Hye-jin talks English. I talks Korean."

"But Hye-jin doesn't speak English well!"

"I speak English well. Learn each other. Fix each other."

It was only then that I began to understand what "basically a friend" might actually mean. It had never been anything serious, never the kind of thing I'd been quietly worrying about. It had only ever been about a simple exchange, just teaching one another Korean and English. This fellow would say something in his halting Korean, and then my wife, for her part, would reply in her own halting English. It was exactly as she'd put it: they were basically friends. Feeling myself relent a bit, I took a long swig of my beer and insisted that he do the same.

"What does Hye-jin talk about in English?"

"She talks many things. Weather, foods, music, book. *I like Zorba the Greek*, she talks like this."

"That's right. Hye-jin loves that book—*Zorba the Greek. So then what do you talk about?*"

"I talks, also. I talks weather, foods, music, book. I likes Rachmaninoff."

"It never occurred to me that you'd be able to tune a piano, or that you might like Rachmaninoff."

맥주 캔을 내려놓고 종이와 펜을 달라고 하더니 그림을 그리기 시작했다. 제일 먼저 숲이 만들어졌다. 그 숲은 우리가 흔히 보는 소나무 숲 같은 게 아니라 밀림 같은 것이었는데, 그 숲 안에서 아이가 두 눈을 감은 채 누워 있었다.

"이것은 숲이었습니다. 저는 아기였습니다. 저는 혼자였습니다. 저는 잠자고 있었습니다."

그러더니 이 친구는 아기의 두 눈을 그리더니 얼굴 양옆으로 물방울을 그리기 시작했다. 그러자 그림 속의 아이는 눈물을 흘리기 시작했다.

"저는 깨었습니다. 저는 울었습니다."

나는 그림 속의 아이를 한참 들여다봤다. 종이에서 시선을 떼고 내가 그의 얼굴을 바라보자, 이 친구는 다시 종이에다가 그림을 그리기 시작했다. 먼저 기나긴 코를 그리고, 그 다음으로 파초 잎처럼 큰 귀를 그렸다. 코와 귀에 비하자면 그 눈은 자그마했지만, 네 다리만은 사원의 기둥처럼 늠름했다. 그리하여 잠이 깨어서 혼자인 것을 알고는 엉엉 울어버린 아이의 옆으로 키가 큰 코끼리 한 마리가 나타났다. 숲과 우는 아이와 코끼리가 모두 그려지자, 이 친구는 아이의 두 눈 옆으로 그려놓

And, really, it's not as if these would have been the only possibilities that failed to occur to me. After all, how could I have known? That he would be a Sikh from Punjab, that because of this he would have to keep his beard long and thick, that each of the twelve other fellows he shared the shipping container with would all also keep their beards fully grown?

"Hye-Jin is no good at English, and you are no good at Korean. That's why *I like Zorba the Greek* and 'I like Rachmaninoff' is the only kind of thing you can say to each other. That's not enough to really share what's in your heart to one another. Y'know? You must know that phrase, right? Hye-jin says it all the time. It's like a conversational tic of hers. You've heard 'y'know' a lot, haven't you? Y'know?"

"Yes, I heard a lot. Y'know?"

Satisfied, I started laughing, loudly. Seeing me laugh, he began to laugh as well. We laughed together.

"What else did you talk about? Did Hye-jin talk about me as well?"

I asked him once our laughter had subsided.

"No talks about thing like you. Talks about seeing elephant, doing alone."

은 눈물방울을 지우고 아이의 두 눈을 초승달처럼 바꿔 놓았다. 아이는 웃고 있었다. 나도 모르게 탄성이 나왔다.

"정말 어릴 때 코끼리를 본 적이 있단 말입니까?"

"코끼리입니다. 아주 큰 코끼리입니다. 저는 깨었고, 울었고, 코끼리는 있습니다."

나는 이 친구에게서 그 종이를 빼앗아들고 실제로 아이였던 시절, 숲에서 혼자 깨어서 우는 이 친구의 곁으로 아주 큰 코끼리가 나타난 광경을 쳐다보듯이 그 그림을 뚫어져라 바라봤다. 그러는 동안에도 이 친구는 계속 얘기했다.

"그리고 혜진 영어 말합니다. Always I wanted a baby. I want to be the elephant like this. I am alone. I feel lonely. 혜진 영어 잘 못합니다. 맞습니다. 저도 한국말 잘 못합니다. 혜진 영어 말하면 저는 한국말 합니다. 서로서로 틀린 부분을 고쳐줍니다. 항상 저는 아기 원하겠습니다. 저는 이 코끼리 되기를 원하겠습니다. 저는 혼자입니다. 저는……"

그리고 이 친구는 더 이상 말을 잇지 못했다. 'lonely'라는 게 무엇인지는 알고 있지만, 다만 한국어로 어떻

"Elephant? Alone? A loan?"

I had no clue what he was saying.

"She seeing elephant picture, doing alone. One. She said alone."

"Ahh, alone. But, so, what did she say was alone?"

"Hye-jin's heart, is alone."

I had no idea what the fellow was talking about— whether he was saying that my wife actually had one heart, or that she considered herself to be on her own. Then, as he put his beer can down, the fellow asked for a pen and paper and began to draw. The first thing to appear on the page was a forest. It wasn't the kind of pine forest we might be used to, but something more like a jungle—but at any rate, in this forest lay a baby, its eyes closed.

"It was forest. I was baby. I was alone. I was sleeping."

Then the fellow drew two eyes on the baby and began to draw tears on either side of the baby's face. Then the baby in the drawing began to cry.

"I was wake up. I was crying."

I stared at the baby in the drawing for a long moment. When I looked up from the paper and back into his face, the fellow started to add to the

게 말하는 것인지 알지 못해서. 하지만 그게 무슨 상관이겠는가. 그게 무슨 상관이겠는가. 나는 가만히 우리가 흔히 볼 수 없는 숲과 잠에서 깬 아이와 사원의 기둥처럼 늠름한 다리를 가진 코끼리를 바라보고 있다가 혼자 중얼거린다. 저는 외롭습니다. 그게 아니라면, 저는 고독합니다. 그것도 아니라면 저는 쓸쓸합니다. 그것도 아니라면 마치 눈이 내리는 밤에 짖지 않는 개와 마찬가지로 저는……

두 눈을 감고 가만히 들어본다. 신호등의 불빛이 바뀔 때마다 자동차들이 일제히 도로를 질주하는 소리가 흘러든다. 조금 열어둔 창문 틈으로. 그 소리가 파도 소리를 닮아, 내 귀가 자꾸만 여위어간다. 두 눈을 감고 가만히 들어보면, 수천만 번의 겨울을 보내고 다시 또 한 번의 겨울을 맞이하는 해변에 혼자 서 있는 듯한 느낌이 들므로. 그게 그 해변의 제일 마지막 겨울이라서 파도 소리를 듣는 일이 그토록 외로운 것이라고. 그렇게 두 눈을 감고 나는 가만히 들어본다. 지금은 그간 여러 해가 흘러갔듯이 그렇게 또 한 해가 흘러가는 12월의 마지막 밤이고, 그 자동차 소리를 배경으로 내 앞에 앉아

drawing once more. First he drew a long, long nose, and then a pair of ears as large as banana leaves. Compared to the nose and the ears the eyes were small, but the four legs that followed were as imposing as the columns of a temple. And just like that, right next to this baby who had burst into tears upon waking and finding himself alone, a single tall elephant. Once the forest and the crying baby and the elephant were all complete, the fellow erased the tears he had drawn next to the baby's eyes and turned the eyes themselves into little half moons. The baby was laughing. I let loose a noise of exclamation in spite of myself.

"Is it true? Did you really see an elephant?"

"It is elephant. It is very big elephant. I was wake up, I was crying, and it was elephant."

Snatching the piece of paper from the fellow's hand I stared at it, hard, as if watching the actual scene unfold: the very large elephant appearing next to him as he bawled, waking up to find himself alone, back when he was baby. All the while, the fellow kept on talking.

"And Hye-jin say English. *Always I wanted a baby. I want to be to the elephant like this. I am alone. I feel lonely.* Hye-jin English not very good. Right. My

있는 이 친구는 막 다시 살아나기 시작한, 하지만 아직까지는 음정이 불안정한 피아노를 연주하며 먼 나라의 말로 노래를 흥얼거리기 시작한다. 그러니까 앞을 보지 못하는 사람처럼 두 눈을 감고 앉아 나는 코끼리에 대한 노래라는 것 외에 그 내용을 짐작할 수 없는 노래를 듣고 있는 중이다. 이 노래는, 이 친구의 말을 그대로 옮기자면, "코끼리, 아기처럼"에 대한 노래다. 그러므로 나는 두 눈을 감고 "코끼리, 아기처럼"에 대해 생각한다. 당연하게도 나는 "코끼리, 아기처럼"에 대해서 생각하는 일이 너무나 가슴이 아프므로 이 친구의 낯선 발음에, 그리고 또한 거기에도 내가 알아낼 수 있는 것은 하나도 없으므로 다시 나는 어딘가 불안하게 들리는 피아노 소리에, 또다시 나는 그 뒤에서 들리는 자동차들의 소리에 차례로 마음을 빼앗긴다. 거기, 한 해가 그런 식으로 지나가고 있다. 아무래도 나는 그 생각을 해야만 할 것 같다. 이 친구가 이 노래, "코끼리, 아기처럼"에 대한 노래를 모두 그칠 때까지. 아내가 문을 열고 들어올 때까지. 그리고 마침내 우리 모두에게 새로운 해가 찾아올 때까지.

『세계의 끝 여자친구』, 문학동네, 2009

Korean not very good, too. When Hye-jin say English, I say Korean. We fix each other mistake parts. Always I will want baby. I will want to be this elephant. I am alone. I..."

With that, the fellow seemed unable to continue. Because even though he knew the meaning of the word "*lonely*," he didn't know how to say it in Korean. But, then again, what did that matter? What does that matter? I said this to myself, gazing upon this elephant with its legs as imposing as temple columns, this unfamiliar forest and this waking baby. I feel lonely. Or if not that, I feel solitary. Or if not that, either, I feel isolated. Or, if not that, either, maybe—I feel like a dog that doesn't bark on a snowy night...

I close both eyes and I am still. I listen. I can hear the sound of the cars accelerating as one every time the traffic light changes color. I hear it through the slight crack in the window. It is a sound like the ocean waves, wearing at my ears. When I listen, still, both eyes closed, it is as if I have lived a billion winters already and am standing now, alone, on a shore, greeting the arrival of yet another winter. As if this will be the final winter to ever reach this shore; as if this is why listening to these waves feels so lonely. Eyes closed, I listen, still. It is the final night of December; another year has passed, as so many other years before it.

And against the backdrop of the sound of cars, the fellow, sitting in front of me, begins to play the piano, this piano that has just started to come back to life, its pitch still uncertain, slightly out of tune. He begins to sing, humming the language of a far-away country.

So, eyes closed, I sit, like a blind man, listening to a song I know nothing about—except that it has something to do with an elephant. This song, to quote the fellow's own words, is about "Elephant, like baby." And so, my eyes still closed, I think about this "Elephant, like baby." And naturally, because thinking about this "elephant, like baby" proves to be so immensely painful, I take turns, first giving my heart to the sound of the fellow's strange accent, and then, because there is nothing for me to discover there, to that slightly uncertain sound of the piano, and then back to the sound of the cars, behind it all. And somewhere in there, just like that, one year passes into the next. It seems I have no choice; I'm going to have to think about it.

At least until this fellow finishes this song, this song about this "Elephant, like baby." Until my wife opens the door and walks in. Until the new year finally comes to us all.

Translated by Maya West

해설

Afterword

외국어를 배우는 시간

이경재 (문학평론가)

　우리 시대에 김연수만큼 외국이나 외국인을 중요한 소설적 배경으로 등장시키는 소설가도 드물다. 이것은 김연수가 누구보다도 이해와 소통에 바탕한 윤리라는 철학적 난제를 집중적으로 탐구하는 것과 긴밀하게 관련되어 있다.「모두에게 복된 새해—레이먼드 카버에게」에서는 서로 외국어를 가르치고 배우는 한국인 아내와 인도인 사트비르 싱, 그리고 뒤늦게 사트비르 싱과 대화를 나누며 소통과 이해의 의미를 배워가는 '나'가 주요인물로 등장한다.

　인간이 이질적인 상대를 대할 때의 가장 기본적인 태도는 자기 마음대로 상대방을 판단하여 그 인식의 틀을

Time to Learn Foreign Languages

Lee Kyung-jae (literary critic)

No other contemporary Korean writer features foreign countries and people as often as Kim Yeon-su in his or her novels and short stories. This has something to do with Kim Yeon-su's intense interest in the ethics of understanding and communication, a very difficult philosophical issue. The main characters in Kim Yeon-su's short story, "Happy New Year to Everyone—To Raymond Carver," are the narrator's Korean wife and the Indian Satvir Singh, both who decide to teach each other, as well as the narrator, their own respective languages as well as the meaning of language and communication.

덧입혀 타자를 대하는 방식일 것이다. 이러한 모습은 「모두에게 복된 새해—레이먼드 카버에게」에도 등장한다. 이 작품에서 열두 명의 편잡 출신 동료들과 가구공장에 딸린 컨테이너에서 생활하는 사트비르 싱은 자신을 함부로 재단하는 한국인들에 의해 고통을 받는다. 공장을 다니기 위해 한 시간 동안 버스를 타야 하는데, 버스에서 술 취한 사람들이 알카에다라고 말하며 그를 괴롭히는 것이다. 그리하여 사트비르 싱은 이슬람교와는 무관한 시크교도임에도 매일 터번을 쓰지 못하겠다고 하소연한다. 버스에서 알카에다를 운운하는 한국인들의 모습은 이주노동자들을 바라보는 폭력적인 태도를 대변한다고 말할 수 있다.

아내의 인도인 친구 사트비르 싱은 '나'의 피아노를 조율해주기 위해 방문한다. 사트비르 싱은 한국어를 배우기 위해 이주노동자들을 위한 한국어 강좌에 나갔다가, 그 강좌의 강사였던 '나'의 아내와 친구가 된 것이다. 처음 '나' 역시 버스 안의 한국 사람들과 그리 다르지 않은 태도를 보여준다. "도대체 한국에 돈을 벌려고 온 외국인 노동자와 내 아내가 친구가 될 수 있다는 가능성 그 자체가 좀체 믿기지 않았"(『세계의 끝 여자친구』, 문학동네,

Often, a person's initial attitude towards foreigners is to judge and treat them according to his own standards. This is the general reality in "Happy New Year to Everyone: To Raymond Carver." Satvir Singh, an Indian migrant worker, suffers from prejudice and harassment by Koreans who arbitrarily judge him and his colleagues from Punjab, all of whom actually live in a container affiliated with the furniture company they work for. Drunken Koreans harass Singh and his colleague during their hour-long commute on a bus to and from their work, repeatedly calling them "Al-Qaeda." It is for this reason that Singh cannot wear a turban, this despite the fact that he is a Sikh, completely unrelated to Islam. This act of calling Sikh migrant workers "Al-Qaeda" is just one example of some violence enacted upon migrant workers in the story, a representative example.

The situation changes somewhat, though, when Satvir Singh visits the narrator's house to tune their piano. Satvir Singh and the narrator's wife almost immediately become friends when Singh takes a Korean class for migrant workers, a course the narrator's wife teaches. At first, the narrator also shows an attitude similar to that of the Koreans on

2009, 129면)던 것이다. '나'가 처음 느끼는 사트비르 싱에 대한 느낌은 몇 번이나 반복해서 등장하는 그의 "한국어가 형편없었다는 점"(119)에 압축되어 있다.

따라서 이 작품에서 '나'와 사트비르 싱이 의사소통을 하는 문제는 단순한 일상의 에피소드를 넘어 타자의 이해라는 거대한 철학적 문제를 동반하게 된다. 사트비르 싱은 "이 피아노, 어떻게, 이렇게 왔습니다."(127), "이 피아노 외롭습니다."(127), "이 피아노, 긴 시간 안 노래했습니다."(127), "안 노래하면 안 삽니다."(128)와 같이 한국어 문법에 맞지 않는 말을 계속한다. '나'는 이와 같은 말을 전혀 이해하지 못하지만, 시간이 지나면서 조금씩 이해하기 시작한다.

이러한 소통의 과정은 아내와 사트비르 싱이 "말하자면 친구"(128)가 되는 과정을 이해하는 일이기도 하다. 아내와 사트비르 싱은 "이야기"(129)를 통해 친구가 되었는데, 그 과정은 철저하게 윤리적이다. 아내와 싱은 한국어에는 능통하지만 영어에는 약한 아내가 영어로 말하고, 반대의 입장인 싱은 한국어로 말하는 방식으로 서로 이야기한다. 둘은 서로에게 한국어와 영어를 가르쳐주고, 동시에 영어와 한국어를 배웠던 것이다. 아무

the bus. He "could not believe that it was even possible for his wife and a migrant worker who came from a foreign country for money to be able to become friends." His negative feeling towards Singh is symbolically represented in his repeated realization that "his [Singh's] Korean was in poor quality."

Therefore, the question of communication between the narrator and Singh becomes more than an ordinary matter of cultural misunderstanding; it is indicative of the larger philosophical issue of understanding strangers. Singh continues to speak grammatically unrefined Korean: "This piano came like this, like this," "This piano is lonely," "This piano did not sing for a long time," and "If he doesn't sing, he doesn't live." And, at first, the narrator cannot understand what Singh says. Gradually, however, he does begin to understand. Their communication travails also describe how narrator's wife and Singh "became friends, so to speak." His wife and Singh become friends through "storytelling," and a unique form of bi-lingual communication. The wife, who isn't fluent in English, speaks in English and Singh, who isn't fluent in Korean, speaks in Korean. In this way they both teach and learn Ko-

런 대가 없이 "서로서로 배웁니다. 서로서로 고쳐줍니다."(137)라고 말할 수 있는 관계가 "말하자면 친구"(137)였던 것이다. 「모두에게 복된 새해—레이먼드 카버에게」에서와 같이 한국말에 서툰 인도인이 하는 한국어와 영어에 서툰 한국인의 영어로 이루어지는 소통이란 결코 일방적일 수 없다.

그럼에도 '나'는 고작 'I like Zorba the Greek'이나 '저는 라흐마니노프 좋아합니다' 따위의 말밖에는 못하는 언어 실력을 통해서는, 서로 마음에 있는 이야기를 나누지 못할 거라고 주장한다. 그러나 아내와 싱은 다양한 방법을 통해 소통을 했던 것이고, 결국에는 '나'에게까지 아이가 없어 늘 외로웠던 아내 혜진의 마음이 전달되는 기적 같은 일이 일어난다. 무엇보다 중요한 것은 상대방을 향해 말하려는 의지와 상대방의 말을 들으려는 의지였던 것임을 '나'는 뒤늦게야 깨닫는다.

지금까지 김연수의 소설에서 타인은 표상불가능하며 이해불가능한 존재로서, 신의 얼굴을 하고 있었다. 이것은 타자를 함부로 재단하고 판단하는 폭력으로부터는 멀리 떨어진 긍정적인 모습임에 분명하다. 그러나 이러한 태도가 강박적으로 강조될 경우 그것은 자폐와

rean and English to and from each other. They might simply say of their relationship, "We learn from each other. We help each other with our mistakes." This relationship is a "friendship so to speak." The communication between an Indian who speaks non-fluent Korean and a Korean who speaks non-fluent English cannot be unilateral.

Nevertheless, the narrator argues that people cannot communicate on a deeper level when all they can say is "I like Zorba the Greek" or "I like Rachmaninov." However, the narrator's wife and Singh communicate with various methods. Eventually, a miracle occurs when the narrator's wife is able to communicate her feeling of loneliness to her husband, a feeling she has had for a long time as a result of their inability to have a child. The narrator belatedly realizes that most important elements in communication are a result of the speaker's will to talk and the listener's decision to listen.

Previously, in Kim Yeon-su's stories and novels, other figures resisted representation and complete understanding. The characters existed, then, with "the face of God." This way of treating the other was positive in that it did not inflict the violence of judgment at random. However, this kind of obses-

타인에 대한 싸늘한 무관심을 정당화하는 알리바이가 될 수도 있다. 윤리에 함몰될 경우 그것은 행위로 이어질 수 없으며, 개인의 내면과 목소리에만 모든 신경을 기울일 수 있기 때문이다. 만약 이것만이 집요하게 반복될 경우, 이것은 자기진실성의 물신화, 성찰의 도구화가 이루어질 수도 있다. 타자의 외부성에 대한 절대적인 긍정으로 아무런 행위도 이루어지지 않는다면 말이다.

지금 김연수가 우리 문학에 새로운 가능성을 지닌 존재라면, 그가 타자의 외부성을 충분히 사유하면서도, 외부를 향해 말을 걸고 계속해서 나아간다는 점이다. 흥미로운 것은 소통에의 지향과 알고자 하는 의지가 병행한다는 사실이다. 시간이 지날수록 김연수는 이제 외부의 표상불가능성에 대한 강박적 반복을 벗어나 외부와의 소통 가능성에 희망을 걸고 있다. 「모두에게 복된 새해─레이먼드 카버에게」는 이러한 경향을 가장 선명하게 보여준 작품이다. 나아가 이 작품에서는 '나─사트비르 싱─아내'라는 세 명의 관계를 통해, 상징적으로나마 이자(二者)관계에 바탕한 상상적 윤리의 자폐적 위험에서부터 벗어난 새로운 공동체의 탄생 가능성까지

sively respectful attitude could also lead to justifying a cold, fairly indifferent attitude. If we were to only emphasize this exclusively ethical dimension, we can remain inactive, paying attention to our inner voices alone. If we obsessively adhere to this attitude we may end up fetishizing our truthfulness. That is, if we absolutely affirm the alien quality of the other and make no effort to overcome this with action, we might end up merely instrumentalizing our reflections.

Ultimately, Kim Yeon-su sheds a new light onto Korean literature. He continues to try to communicate with others while acknowledging and respecting their "otherness." Interestingly, in Kim's work a character's will to communicate and his will to understand go hand in hand. Kim Yeon-su seems to have escaped his fixation on the unrepresentativeness of others and seems hopeful of the possibility for communication. "Happy New Year to Everyone: To Raymond Carver" illustrates this new direction very clearly. Additionally, Kim Yeon-su goes a step further in symbolically imagining a community freed from the limited world of two-party relationship, imagining a relationship involving three parties, the narrator, Satvir Singh, and the narrator's

막연하게나마 제시하고 있다. 윤리적 성찰을 통해 강력하게 주장되었던 자율성의 바탕 위에 공감의 상상력에 바탕한 새로운 인식이 드러나는 것이다. 인간의 존엄성이 자율성(비동일시)과 공감(동일시)을 통해 탄생한다면, 김연수는 두 가지 어려운 항목을 결합시키는 지난한 과제를 해결하는 입구에 도달한 것으로 보인다.

wife. Based on his firm ethical stance on the individual's autonomy, Kim Yeon-su now launches into the new task of exploring the sympathetic imagination. If human dignity is born of one's autonomy ("disidentification") and sympathy for others (identification), Kim Yeon-su appears to be on the verge of solving this difficult task of combining these two attitudes.

비평의 목소리

Critical Acclaim

김연수의 소설에서 삶의 진실은 논리적이고 정연한 질서 속에 있는 것이 아니라 질서 없이 점점이 흩뿌려진 혼돈과 우연의 그물망 속에, 필연을 고련하는 우연한 마주침 속에 존재한다. 인생은 누구에게나 불가항력적인 우연의 연속이고 인생의 결정적인 순간은 다름 아닌 바로 그 하찮은 우연 속에(만) 있기 때문이다. 사물들은 그 불가항력적인 우연의 그물망과 마주침의 한가운데 그 자체 아무런 필연성 없이 끼어들어오는, 또 그럼으로써 저도 몰래 그 어느 것으로 환원할 수 없는 개인의 내밀한 어떤 것을 표상/반사하게 되는 진실의 조각들이다. 그리고 김연수라면 당연히 개인의 진실은 바로

In Kim Yeon-su's stories and novels, our life's truths do not lie in a logical and neat order, but in a network of confusion and coincidences, in accidental encounters. To Kim, then, life is a succession of inevitable accidents to us all, and our decisive moments are (only) contained in those insignificant accidents. Objects are fragments of truth that reflect an individual's innermost being, irreducible to anything else, the truth that enters in the midst of the network of those inevitable accidents without any necessary reasons. Kim Yeon-su would argue that an individual's truth exists only in those fragments.　　　　　　　　Kim Yeong-chan

그 조각 속에(만) 존재한다고 말할 것이다.

김영찬

지난 10년 김연수(金衍洙)처럼 외부에 민감하게 반응한 작가도 드물다. 김연수는 외부에 대한 사유를 가장 집요하게 해온 작가이다. 타자의 외부성을 거의 강박적으로 탐구해오고 있다. 타자에 대한 탐구는 우리에게 외부에 대한 감수성을 크게 일깨워 준다. 김연수의 많은 작품들은 다른 시대와 나라를 시공간적 배경으로 하고 있으며, 중심인물로는 외국인을 내세우고 있다. 더욱 문제적인 것은 우리 앞에 새롭게 나타난 외부가 아니라 늘 우리 곁에 있었던 외부를 새롭게 발견했다는 점이다. 김연수가 외부에 반응하는 방식은 철저히 윤리적이다. 이 말은 달리 말해 타자를 연민과 동정의 대상 혹은 질시와 모멸의 대상으로 삼지 않는다는 것이다.

이경재

김연수는 한 걸음씩 전진했고, 그 결과 지금의 김연수가 되었다. '무엇이 진실이고 무엇이 허구인가'라는 인식론적 회의주의를 생산적으로 받아들여서 '세계'의 실

Rarely has any writer in the past decade re-
sponded to outside events as sensitively as Kim
Yeon-su. Kim Yeon-su has continually meditated
beings outside of oneself. He has almost obses-
sively explored the otherness of others. And this
exploration into others awakens a great sensibility
towards the outside world in all of us. Many works
by Kim Yeon-su are set in foreign countries and
different periods, and his main characters are for-
eigners. Even more interestingly, these others are
not the others that have just appeared, but the oth-
ers that have always been inside and near us. The
way Kim Yeon-su responds to others is ethical
through and through. In other words, Kim Yeon-su
never treats others as objects of pity, envy, or dis-
respect.

Lee Kyung-jae

Kim Yeon-su has advanced one step at a time
until he has become who he is now. He began with
showing us a new way of questioning the "reality of
"the world" and the identity of "oneself," by pro-
ductively encouraging epistemological skepticism
by asking, "What is truth and what is falsehood?"
Now he has already freed himself from the world

재성과 '나'만의 정체성에 대해 새롭게 질문하는 법을 보여주더니, 회의와 해체의 세계에만 갇혀 있지 않고 어느새 포스트모더니즘의 논법에서 빠져나와 '어떻게 소통(보편성)에 도달할 수 있는가'까지를 묻기에 이르렀다. 1990년대 이후 한국문학사에서, 포스트모더니즘에서 배울 만한 것을 김연수만큼 착실하게 배우고 또 넘어선 사람이 없다. 김연수는 한국 포스트모더니즘 학교의 수석 졸업생이다.

신형철

개인 각자의 경험을 의미 있게 해주는 거대한 이야기가 붕괴한 자리에서 개인들의 이야기는 어떻게 되는가. 그 거대한 이야기를 자신의 이야기로 삼은 집합적 주어가 폐기된 자리에서 개인들이란 누구인가. 『네가 누구든 얼마나 외롭든』은 이 답하기 어려운 질문을 놓고 한 세대의 가장 지성적인 작가가 고민하고 사색한 결과이다. 저자 김연수는 민족 자주와 해방의 이야기가 몰락하기 직전의 운동권 학생을 작중화자로 내세워 그 이야기 가까이서 또는 멀리서 출몰한 다양한 인물들의 열정과 허영, 진실과 허위, 광기와 치기가 서로 부딪치고 뒤

of doubt and deconstruction, the world of a post-modernist logic, and asks the question, "How can we achieve communication (universality)?" No author of the 1990s has understood and ultimately over-come postmodernism as thoroughly as Kim Yeon-su . Kim Yeon-su is the valedictorian of the Korean postmodernist school.

Shin Hyeong-cheol

What happens to individual stories when the grand narrative, which has endowed individual sto-ries with meaning, collapses? Who are the individ-uals that have considered themselves part of that grand narrative when the collective subject is abol-ished? *Whoever You Are and However Lonely You Are* is the result of a serious reflection on those difficult questions by a thoroughly intellectual writer of his generation. Kim Yeon-su has created a time and space where various characters' passion and vanity, truths and falsehoods, and madness and childish-ness collide and intermingle around a student ac-tivist just before the collapse of the grand narrative of national independence and liberation. This novel is also an elegy to the grand narrative or grand il-lusion that an individual, who cannot help remain-

섞이는 시공간을 만들어냈다. 이 소설은 어떤 진심, 어떤 연극, 어떤 모험에도 불구하고 광막한 우주 속의 혼자일 수밖에 없는 한 개인이 한때 그를 그 자신 이상이게 했던 거대한 이야기 또는 거대한 환상에 대해 오랜 애증 끝에 바치는 별사(別辭)이기도 하다.

황종연

ing lonely in the vast universe despite a certain sin-
cerity, a certain drama, a certain adventure,
dedicates to that very narrative or illusion, which
was once his ideal.

Hwang Jong-yeon

김연수

　김연수는 1970년 경상북도 김천에서 태어났다. 김천고등학교를 졸업하고, 이후 성균관대 영문학과를 졸업하였다. 1993년《작가세계》에 시「강화에 대하여」를 발표하면서 등단하였다. 다음해 장편소설『가면을 가리키며 걷기』로 제3회 작가세계 문학상을 수상하면서 소설가로 본격적인 활동을 시작하였다. 2001년『꾿빠이, 이상』으로 동서문학상을, 2003년『내가 아직 아이였을 때』로 동인문학상을, 2005년『나는 유령작가입니다』로 대산문학상을, 2007년「달로 간 코미디언」으로 황순원문학상을, 2009년「산책하는 이들의 다섯 가지 즐거움」으로 이상문학상을 수상하였다. 김연수는 21세기 초반의 한국소설을 대표하는 작가이다. 정밀한 구성, 박학한 교양, 감각적인 묘사, 역사에 대한 관심은 한국문단의 관심을 끌기에 충분하였다. 4권의 소설집과 7권의 장편소설을 쓴 작가답게 그의 소설세계는 매우 광범위하다. 초창기에는 주로 포스트모더니즘적인 인식에 바탕해 세계의 불가해성과 인간관계의 난해성 등을 집중적으

Kim Yeon-su

Kim Yeon-su was born in Gimcheon, Gyeong-sangbuk-do in 1970 and graduated from Gimcheon High School. He received a B.A. in English literature from SungKyunKwan University. Kim made his literary debut in 1993 when his poetry including "On Ganghwa" was published in the literary magazine *Writer's World*. He began his career as a novelist the next year when he won the third *Writer's World* Literary Award for his novel entitled *Larvatus Prodeo* (Walking While Pointing at Masks). He won the 2001 East-West Literary Award for *Goodbye, Yi Sang*, the 2003 Dong-in Literary Award for *When I Was Still a Child*, the 2005 Daesan Literary Award for *I am a Ghost Writer*, the 2007 Hwang Sun-won Literary Award for "The Comedian Who Went to the Moon," and the 2009 Yi Sang Literary Award for "Five Pleasures of Walkers."

Kim Yeon-su is considered one of the most representative writers of the early 21st century Korean literature, drawing critical and popular attention for his works' structure, erudition, lush descriptions,

로 보여주었다. 김연수의 역사소설인『네가 누구든 얼마나 외롭든』(문학동네, 2007),『밤은 노래한다』(문학과지성사, 2008),『원더보이』(문학동네, 2012) 등도 위에서 말한 포스트 모던한 특징을 보여주고 있다. 이들 작품은 근대 역사소설이 그러하듯이, 꼼꼼한 사료 취재에 바탕해 문학적 상상력을 동원하여 역사적 실재에 다가서고자 하지 않는다. 김연수에게 역사란 분명한 사실로 주어진 것이 아니라 추리해서 맞추어나가야 할 대상이다. 김연수의 소설에서 역사의 의미를 찾는 과정은 개인이 기억의 의미를 찾는 과정과 함께 간다. 최근에는『파도가 바다의 일이라면』(자음과모음, 2012) 등에서 확인할 수 있듯이, 인간 사이의 소통과 진정한 윤리적 관계를 모색하는 데 몰두하고 있다.

and historical relevance. An author of four short story collections and seven novels, Kim Yeon-su boasts a wide range of interests in his works. In his early writing career, his works focused on the impossibility of understanding the outside world and the difficulty of human relationships, basing most of his work on a postmodernist worldview. His historical novels like *Whoever You Are and However Lonely You Are* (2007), *The Night Sings* (2008), and *Wonder Boy* (2012) also reveal postmodernist characteristics. Unlike most modern historical works, Kim's works rarely attempt to approach historical truths through literary imagination based on meticulous research of historical data. To Kim Yeon-su, history is not something that offers clear facts, but something you must construct through reasoning. The process of searching for the meaning of history in Kim's novels goes hand in hand with the process of an individual's search for the meaning in his or her memories. As shown in Kim's recent story, "If Waves are Matters of the Sea (2012)," Kim is currently interested in the possibility of real communication and truly ethical relationships among individuals.

번역 **마야 웨스트** Translated by Maya West

리드 대학교를 졸업했고 2003년 한국 문학 번역원 신인상을 탔다. 현재 서울에 거주하며 프리랜서 작가, 번역가로 활동하고 있다.

Maya West, graduate of Reed College and recipient of the 2003 Korean Literature Translation Institute Grand Prize for New Translators, currently lives and works in Seoul as a freelance writer and translator.

감수 **전승희, 데이비드 윌리엄 홍**

Edited by Jeon Seung-hee and David William Hong

전승희는 서울대학교와 하버드대학교에서 영문학과 비교문학으로 박사 학위를 받았으며, 현재 하버드대학교 한국학 연구소의 연구원으로 재직하며 아시아 문예 계간지 《ASIA》 편집위원으로 활동 중이다. 현대 한국문학 및 세계문학을 다룬 논문을 다수 발표했으며, 바흐친의 『장편소설과 민중언어』, 제인 오스틴의 『오만과 편견』 등을 공역했다. 1988년 한국여성연구소의 창립과 《여성과 사회》의 창간에 참여했고, 2002년부터 보스턴 지역 피학대 여성을 위한 단체인 '트랜지션하우스' 운영에 참여해 왔다. 2006년 하버드대학교 한국학 연구소에서 '한국 현대사와 기억'을 주제로 한 워크숍을 주관했다.

Jeon Seung-hee is a member of the Editorial Board of *ASIA*, and a Fellow at the Korea Institute, Harvard University. She received a Ph.D. in English Literature from Seoul National University and a Ph.D. in Comparative Literature from Harvard University. She has presented and published numerous papers on modern Korean and world literature. She is also a co-translator of Mikhail Bakhtin's *Novel and the People's Culture* and Jane Austen's *Pride and Prejudice*. She is a founding member of the Korean Women's Studies Institute and of the biannual Women's Studies' journal *Women and Society* (1988), and she has been working at 'Transition House,' the first and oldest shelter for battered women in New England. She organized a workshop entitled "The Politics of Memory in Modern Korea" at the Korea Institute, Harvard University, in 2006. She also served as an advising committee member for the Asia-Africa Literature Festival in 2007 and for the POSCO Asian Literature Forum in 2008.

데이비드 윌리엄 홍은 미국 일리노이주 시카고에서 태어났다. 일리노이대학교에서 영문학을, 뉴욕대학교에서 영어교육을 공부했다. 지난 2년간 서울에 거주하면서 처음으로 한국인과 아시아계 미국인 문학에 깊이 몰두할 기회를 가졌다. 현재 뉴욕에서 거주하며 강의와 저술 활동을 한다.

David William Hong was born in 1986 in Chicago, Illinois. He studied English Literature at the University of Illinois and English Education at New York University. For the past two years, he lived in Seoul, South Korea, where he was able to immerse himself in Korean and Asian-American literature for the first time. Currently, he lives in New York City, teaching and writing.

바이링궐 에디션 한국 대표 소설 048
모두에게 복된 새해 - 레이먼드 카버에게

2014년 3월 14일 초판 1쇄 발행
2019년 1월 31일 초판 2쇄 발행

지은이 김연수 | 옮긴이 마야 웨스트 | 펴낸이 김재범
감수 전승희, 데이비드 윌리엄 홍 | 기획위원 정은경, 전성태, 이경재
편집장 김형욱 | 편집 강민영 | 관리 강초민, 홍희표 | 디자인 나루기획
펴낸곳 (주)아시아 | 출판등록 2006년 1월 27일 제406-2006-000004호
주소 경기도 파주시 회동길 445(서울 사무소: 서울특별시 동작구 서달로 161-1 3층)
전화 02.821.5055 | 팩스 02.821.5057 | 홈페이지 www.bookasia.org
ISBN 979-11-5662-002-0 (set) | 979-11-5662-005-1 (04810)
값은 뒤표지에 있습니다.

Bi-lingual Edition Modern Korean Literature 048
Happy New Year to Everyone-To Raymond Carver

Written by Kim Yeon-su | **Translated by** Maya West
Published by Asia Publishers | 445, Hoedong-gil, Paju-si, Gyeonggi-do, Korea
(Seoul Office: 161-1, Seodal-ro, Dongjak-gu, Seoul, Korea)
Homepage Address www.bookasia.org | **Tel**. (822).821.5055 | **Fax**. (822).821.5057
First published in Korea by Asia Publishers 2014
ISBN 979-11-5662-002-0 (set) | 979-11-5662-005-1 (04810)

바이링궐 에디션 한국 대표 소설

한국문학의 가장 중요하고 첨예한 문제의식을 가진 작가들의 대표작을 주제별로 선정!
하버드 한국학 연구원 및 세계 각국의 한국문학 전문 번역진이 참여한 번역 시리즈!
미국 하버드대학교와 컬럼비아대학교 동아시아학과, 캐나다 브리티시컬럼비아대학교 아시아
학과 등 해외 대학에서 교재로 채택!